SOPA DE POLLO CON ARROZ

LIBRO DE LOS MESES

SOPA DE POLLO CON ARROZ

MAURICE SENDAK

Versión de Gloria Fuertes

Kalandraka

Título original: *Chicken Soup with Rice*

Copyright © 1962, Maurice Sendak, copyright renewed 1990 by Maurice Sendak
Publicado con el acuerdo de HarperCollins Children's Books,
una división de HarperCollins Publishers
© de la traducción: Heredera de Gloria Fuertes
© de esta edición: Kalandraka Editora, 2017

Rúa Pastor Díaz, n.º 1, 4.º B. 36001 - Pontevedra
Tel.: 986 860 276
editora@kalandraka.com
www.kalandraka.com

Impreso en Gráficas Anduriña, Poio
Primera edición: diciembre, 2017
ISBN: 978-84-8464-334-0
DL: PO 625-2017

Para

Mrs. Ida Perles

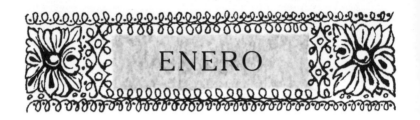

ENERO

En enero,
patino como quiero,
con bufanda y sombrero;
mientras me deslizo
sobre el agua helada
del arroyo,
tomo sopa de arroz con pollo.
Un traguito... a la una.
Un traguito... a las dos.
Un traguito... de sopa
con arroz.

FEBRERO

Cumple años en febrero
el amigo que más quiero;
habla poco y no se mueve,
es mi muñeco de nieve.
–«Cumpleaños feliz…»
Con tarta para él
y sopa para mí.
Felicidades... a la una.
Felicidades... a las dos.
Felicidades... con sopa
de pollo con arroz.

MARZO

En marzo
el viento es un loco
que barre la huerta,
que tira la puerta,
que sopla y resopla,
que bebe mi sopa.
Sopeando... a la una.
Sopeando... a las dos.
Sopeando... sopa de pollo
con arroz.

ABRIL

En abril, ¡alegrías mil!
Me voy a (la bella) España
con sopa y caña,
o me voy a la India extraña,
sobre un elefante
que sorbe elegante.
Ah, eh, oh... a la una.
Ah, eh, oh... a las dos.
Ah, eh, oh... sopa de pollo
con arroz.

MAYO

En mayo
me desmayo…
Soñé era un pajarillo
con gorro y flequillo.
Usé el nido de cazuela,
guisé sopa de la abuela.
Removiendo a la una.
Removiendo… a las dos.
Removiendo sopa
de pollo con arroz.

JUNIO

En junio, y en plenilunio,
vi un precioso rosal
—rosas que se empezaban
a marchitar—;
creí que estaban hambrientas,
las duché
y se pusieron contentas...
Regando... a la una.
Regando... a las dos.
Regándolas con sopa
de pollo con arroz.

JULIO

En julio, como siempre,
me llevaron al mar
–no vi ni una perla
ni un calamar–.
Regateando entre
roca y escollo
me encontré una tortuga
que vendía sopa de pollo.
Se vende... a la una.
Se vende... a las dos.
Se vende... sopa de pollo
con arroz.

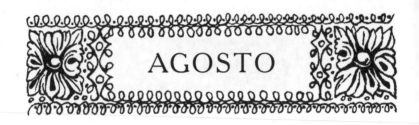

AGOSTO

En agosto,
de tanto sudor en rostro,
me convertí
en un puchero;
dentro de mi cabezota
–porque lo quise
y lo quiero–,
se guisaba... a la una.
Se guisaba... a las dos.
Se guisaba sopa de pollo
con arroz.

SEPTIEMBRE

En septiembre,
que nadie tiemble.
Sobre un feroche
cocodrilo
navegaré «sopa abajo»
por el Nilo.
Remando... a la una.
Remando... a las dos.
Remando en la sopa
de pollo con arroz.

OCTUBRE

En octubre, una nube
de brujas me cubre.
Un duende de blanco,
un fantasma azul,
y yo, con mi sopa
y mi canesú,
les invito a sopa
bajo el tragaluz.
Sopa... a la una.
Sopa... a las dos.
Sopa para todos
de pollo con arroz.

NOVIEMBRE

En noviembre, soy ballena
de sopa rellena,
aletero en la popa,
surtidor de sopita
en la proa;
mi aspecto no es feroz,
lanzo un chorro... a la una.
Un chorro... a las dos.
Un chorro de sopa de pollo
con arroz.

DICIEMBRE

Seré un árbol de Navidad,
lleno de platos de sopa
para la vecindad;
y en lo alto de mí,
la estrella de Belén
sonríe feliz.
¡Alegría a la una!
¡Alegría... a las dos!
¡Navidad... con sopa de pollo
con arroz!

Te lo digo a la una.
Te lo digo a las dos.
Te lo digo todas
las veces.
Te lo dicen todos
los peces.
Te lo repite
mi voz:
–Todos los meses
del año,
toma sopita de arroz.